# Le Petit Soldat de Plomb

Il était une fois un petit soldat de plomb qui vivait dans le placard d'un petit garçon, parmi des tas de jouets.

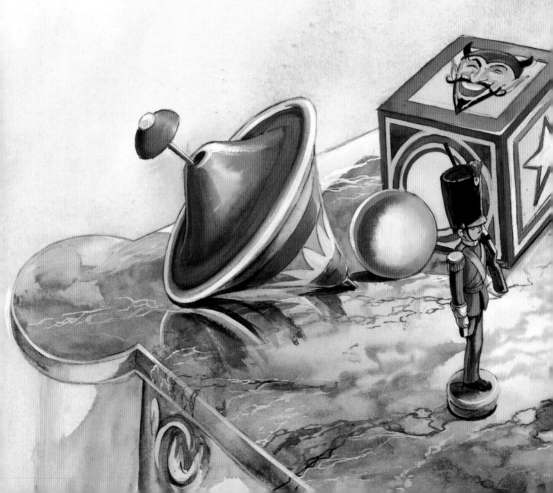

Un jour, le petit garçon oublia son soldat sur le bord de la fenêtre ouverte. Une rafale souffla, et le petit soldat tomba dans la rue où il fit trois pirouettes.

Deux gamins trouvèrent le petit soldat sur le pavé. Ils lui fabriquèrent un bateau en papier et le posèrent dans un ruisselet, juste à côté.

Le petit soldat de plomb vogua jusqu'à l'océan. Soudain, un gros poisson l'avala.

Un vieux pêcheur attrapa le poisson et le vendit au marché. Et qui l'acheta? La maman du petit garçon! Lorsqu'elle ouvrit le poisson, elle trouva le petit soldat de plomb. Elle le rendit à son fils, qui en était tout heureux.

Ce soir-là, en sécurité dans son placard, le soldat dit à ses amis :
– J'ai vu le monde et la mer, il est vrai, mais je suis mieux chez moi parmi les jouets !

# Le Vilain Petit Canard

Un jour, maman canard eut beaucoup, beaucoup de mignons canetons tout jaunes.

Mais l'un d'eux était très différent des autres : il était gris !

– Comme tu es vilain ! se moquaient ses frères et sœurs.

Le vilain petit canard alla regarder son image sur l'eau d'un étang. En effet, il ne ressemblait pas du tout aux autres canetons.

–Pourquoi ne suis-je pas comme les autres? demanda-t-il à une grenouille assise au bord de l'étang. Pourquoi mes pieds sont-ils si grands et mon cou si long?

Puis, il demanda à un cygne qu'il
rencontra par hasard :

– Pourquoi n'y a-t-il personne qui me ressemble ?

–Regarde ! lui
répondit le cygne,
en montrant le lac.
Tu n'es pas un vilain
petit canard ; tu vas
devenir un beau
cygne comme nous !